# L'EXPÉDITION

# DE MORÉE,

## Cantate.

*La scène se passe en Morée, dans le port de Calamata.*

**BORDEAUX.**

IMPRIMERIE DE LAWALLE JEUNE,

ALLÉES DE TOURNY, N°. 20.

M. DCCC. XXVIII.

# CANTATE.

# L'EXPÉDITION

# DE MORÉE,

*Cantate.*

## Chœur de Grecs.

Quel beau jour! quel heureux présage!...
D'un peuple à Navarin vainqueur
Flotte sur l'Ionique plage
Le pavillon libérateur.
C'en est fait, la Grèce affranchie
Par la présence des Français,
D'Ibrahîm pourra désormais
Braver l'impuissante furie.


## Un Vieillard Grec.

À ces temps de malheur, enfin succède, amis,

D'un meilleur avenir la flatteuse espérance.
Des milliers de Héros à notre cause unis ,
De la Patrie en deuil embrassent la défense.
Salut, braves Français, ô généreux chrétiens!
Des peuples opprimés, ô vous , nobles soutiens ,
Salut! à votre aspect, tout prend un nouvel être ;
La paix dans nos cités se hâte de renaître :
Le ciel reprend son calme et sa sérénité ,
Et tout respire enfin un air de liberté.

O Grecs , voici le jour de notre délivrance.
Sous les drapeaux français, courez à la vengeance ;
Et faites que vos fils , oubliant vos revers ,
Ne vous reprochent pas l'opprobre de leurs fers.

Un vieux Soldat Français,

*Qui depuis long-temps a embrassé la cause des Grecs.*

Quand l'arrogant Brunswick menaçait nos murailles,
Ardent, et jeune encor, je courus aux batailles :
Quand des hordes du Nord l'insolente fierté
Voulait donner des fers à notre Liberté ,

Avec quelques Français, plein d'une ardeur guerrière,
De l'État chancelant je gagnai la frontière.
Je courus, je volai sur les rangs autrichiens ;
Et de Jemmape en deuil la célèbre journée

    Apprit à l'Europe étonnée

    Ce que peuvent des citoyens.

      Des sanglantes plaines

      Du Tibre dompté ,

      Aux rives lointaines

      Du Nil attristé ,

      Je suivis sur l'onde

      Ce triomphateur,

      Dont le nom vainqueur

      Ébranla le monde

      Frappé de terreur.

    Quand cette Égypte si fière

    Eut courbé sa tête altière

    Sous le joug de nos guerriers ;

    Brûlant d'ardeur et d'envie,

    Je courus en Italie

    Cueillir de nouveaux lauriers.

Depuis, j'ai partagé la gloire de nos armes :
J'ai rougi de mon sang les plaines d'Iéna :
J'ai vu s'enfuir du Czar les troupes en alarmes,

Et chercher un refuge aux bords de la Newa.
Mais des glaces du Nord déplorables victimes,
J'ai vu de nos Héros les restes magnanimes
Tomber en défendant leurs immortels drapeaux!...

Je ne pus supporter un indigne repos....
Au cri de liberté des malheureux Hellènes,
Je sentis mon vieux sang rajeunir dans mes veines.
Je courus aussitôt sous vos saints étendards :
Avec vous, fils des Grecs, j'affrontai les hasards.
Je partageai vos maux, vos défaites sanglantes :
Du haut des murs sacrés de vos cités mourantes,
Je fis voler la mort sur les rangs ennemis.
Sur ce champ de bataille, où, fumant de carnage,
      Tomba l'illustre Botzaris,
À travers mille morts je m'ouvris un passage.
Enfin, couvert de sang, par la rage emporté,
Sous les débris fumans de l'antique Hellénie,
      Je cherchai la fin d'une vie
Qui ne pouvait plus rien pour votre liberté.

Mais un Roi qu'ont ému les malheurs de la Grèce,
Va bientôt adoucir votre malheureux sort.
Tremble, Ibrahim ! déjà sa flotte vengeresse

A porté sur les mers l'épouvante et la mort.

## Choeur de Grecs.

Honneur aux Héros de la France!
Ainsi qu'un astre radieux
Luit au marin sans espérance,
Leur flotte apparaît à nos yeux.
Puisse-t-elle, dans le Bosphore,
Punir le Turc épouvanté!
Puissions-nous lui devoir encore
Nos droits et notre liberté!

## Un Soldat Grec.

C'en est fait, aux horreurs d'un cruel esclavage
Vont succéder, amis, des jours exempts d'orage....

Grèce, réjouis-toi; rompts tes habits de deuil :
Lève ton front plongé dans l'ombre du cercueil.
Assez et trop long-temps l'insolence ennemie
A couvert tes enfans d'opprobre et d'infamie ;

Et, du pays captif s'arrachant les lambeaux,
Insulté les vaincus jusque dans leurs tombeaux.
D'un Prince généreux la volonté puissante
Porte dans la Morée une paix menaçante.

Paros, ouvre ton sein ; Palais, Temples, Cités,
Levez-vous ; ranimez vos antiques beautés.
Dans leur ancien berceau les arts vont reparaître :
Dans toute sa splendeur la Grèce va renaître ;
Et bientôt aux combats, l'écho de Marathon
Des Miltiade encor répétera le nom.

## Femmes Grecques.

Dieu, des infortunés le soutien et le père,
Dieu jette enfin sur nous un regard tutélaire ;
Il brise notre chaîne, apaise nos douleurs,
Et fait luire l'espoir qui doit sécher nos pleurs.
    Plus de tumulte, plus d'alarmes ;
    Ne tremblons plus pour les vieillards :
    Le bruit effroyable des armes
    N'attristera plus nos remparts.
    On ne verra plus des perfides,

De ravage et de sang avides,
Porter la mort dans nos cités ;
Et, bravant des mères tremblantes,
Insulter leurs filles mourantes
Sur des débris ensanglantés.


## Choeur.


Soldats, courez au champ de gloire
Moissonner de nobles lauriers,
Et ne rentrez dans vos foyers
Qu'au milieu des cris de victoire.


## Un Vétéran Grec.

Une fois en ma vie enfin je suis heureux !.....
Le ciel qui me ravît jusques à l'espérance,
Le ciel, juste une fois, semble exaucer mes vœux.
Ah ! puisqu'il me permet l'espoir de la vengeance,
Vous serez satisfaits, mânes de mes amis !.....
Amis infortunés, vous perdîtes la vie
Sous les débris fumans des murs d'Acropolis !

O souvenirs cruels !...... La fortune ennemie
Se plut dans les combats à flétrir nos drapeaux....
Si des lauriers ont ceint le front de nos Héros,

Que d'innombrables victimes,
Que de Guerriers magnanimes
Par le trépas dévorés !.....
Jours de funeste mémoire !
Les palmes de la victoire
Se changèrent en cyprès !....

Mais rien ne put lasser notre persévérance.


Missolonghi n'est plus et demande vengeance.
Vengeance ! on vous la doit, mânes de Botzaris.
Murs sacrés, on la doit à vos sanglans débris.
Grand Dieu ! de nos cités les murs fument encore !
La Morée est en deuil, et la flamme dévore
De nos Temples déserts les portiques sacrés !....
Je vois tous mes amis en foule massacrés,
Et, sur le noir cahos de ce désastre immense,
La Mort et ses horreurs, la Mort et son silence !....


Vous frémissez, amis, vous jurez avec moi
De vaincre pour l'honneur, de mourir pour la foi.
Aux armes ! qu'Ibrahim et ses lâches complices

Périssent à la fois dans l'horreur des supplices.
Guerre, guerre ! il est temps que notre désespoir
Au cruel Ottoman arrache le pouvoir.
Il est temps de briser sous l'effort de nos armes
Ce Colosse élevé sur la cendre et les larmes.
Marchons : qu'à notre aspect le Scythe épouvanté
Abaisse le Croissant devant la Liberté.

## Choeur final.

Liberté, la Grèce t'implore ;
Viens planter dans ses murs ton étendard vainqueur,
Et les jours de notre splendeur
Avec toi renaîtront encore.
Que du fier Ibrahim les farouches soldats
Tombent sous la juste vengeance
Qui vient de réunir aux Héros de la France
Les fils des Miltiade et des Léonidas.

C. P.